LA RAPINÉIDE,

Poème.

PAR

UN ANCIEN RAPIN.

PARIS

CHEZ TOUS LES LIBRAIRES.

HAVRE

Chez J. MORLENT, Imp.-Libr., sous les Arcades.

1838.

LA RAPINÉIDE.

HAVRE.—IMP. MORLENT,

Puis lancé, puis reçu, l' effrayant attirail,
Dans les airs balancé, dessine un éventail.

LA RAPINÉIDE

OU

L'ATELIER

POÈME BURLESCO-COMICO-TRAGIQUE

en 7 Chants.

PAR UN ANCIEN RAPIN
des ateliers Gros et Girodet.

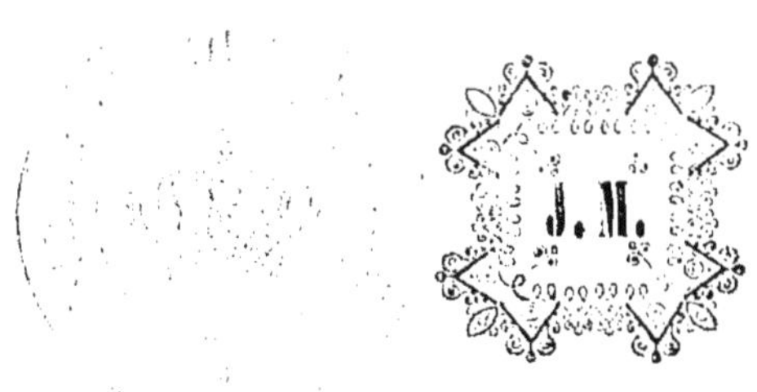

PARIS   HAVRE
CHEZ TOUS LES LIBRAIRES.   CHEZ J. MORLENT, IMP.-LIBR.

1838.

AUX ÉLÈVES

DES ATELIERS GIRODET, GROS ET HERSENT.

MES CHERS CAMARADES,

J'ai cru vous faire plaisir en vous retraçant un temps que plusieurs d'entre nous auraient dû mieux employer sans doute ; mais qui pour tous a été une des époques les plus heureuses de la vie. J'ai réuni ensemble plusieurs charges faites à l'atelier de MM. Girodet, Gros et autres. Je les ai attribuées à un seul individu, pour mettre dans mon ouvrage plus d'unité. J'ai pensé en outre qu'il était plus convenable de changer souvent les noms. J'espère que ceux que je me suis vu dans la nécessité de nommer ne m'en sauront pas mauvais gré. Je me disculpe par avance de toute intention malveillante. Si quelqu'une de mes anciennes connaissances se trouvait offensée, je puis certifier que ce serait sans intention de ma part.

Mon désir dans cet ouvrage étant d'amuser, je serais désolé d'atteindre un autre but. Croyez donc, mes amis, que je ne cherche dans cette publication qu'à réveiller en vous des souvenirs agréables.

Votre dévoué camarade,

L***

Ancien élève de Girodet et Gros.

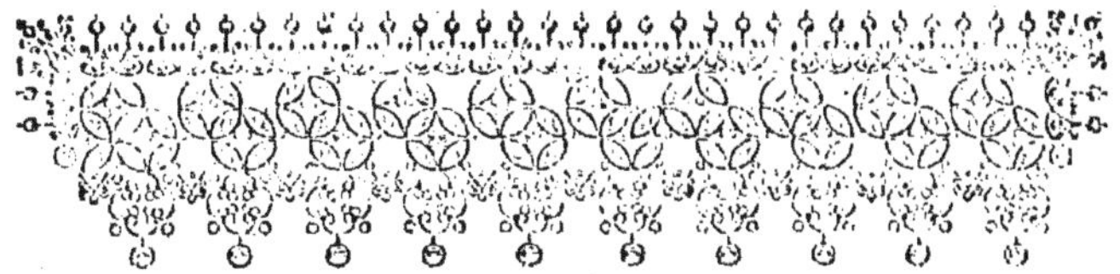

CHANT PREMIER.

Je chante l'atelier, ce séjour du plaisir,
Ce tems d'illusions, où, fort de l'avenir,
Le Raphaël en herbe exempt d'inquiétude
Des farces et des arts fait une double étude.

O divin Apollon ! toi que dans leurs écrits
Les poëtes toujours invoquent à grands cris,
Réserve pour eux seuls le feu de ton génie
Pour moi qui des beaux vers ignore l'harmonie

Je ne réclame point ton céleste concours.
D'un dieu moins élevé j'attendrai le secours.
O Momus, je t'implore ! ô Dieu de la Folie
Assez de ressemblance aux artistes te lie
Pour croire que pour eux facile à t'attendrir,
A guider mes pinceaux tu veuilles consentir ;
Viens conter de Thilman le sang-froid si comique
Ses exploits, son génie et sa fin si tragique.

Au fond du cul-de-sac d'un quartier populeux
Se tenait l'atelier d'un artiste fameux.
Là trente jeunes gens qu'anime un même zèle
Venaient avec ardeur écorcher le modèle,
Et barbouillant des tons d'un novice pinceau
Sur la toile accouchaient d'un Embryon nouveau.
Par semaine trois fois, le professeur redresse
Plus de bras, plus de dos, plus de nez, plus de fesse
Que pendant douze mois n'en remet Marjolain
Et cela dans une heure et dans un tour de main.
Tant que du grand David et l'élève et l'émule
Tient nos rapins bruyants sous sa noble férule,
Un silence profond règne dans l'atelier.
A peine a-t-il franchi le bas de l'escalier,
Que le bruit comprimé de nouveau recommence
Et les bons mots gardés partent en abondance.

Oh ! que l'enthousiasme à l'artiste prêté
Est caché dans ce cœur à la farce porté ! !
Tous ne pensent qu'à faire, à dire des bêtises,
S'apostropher entr'eux, se lancer des sottises,
Et le bel orateur au langage inspiré,
Passe aux yeux des rapins pour un maniéré.

Or donc c'est un lundi. De femme un beau modèle
Doit poser. Tout le monde arrive plein de zèle...
Personne n'est absent... La dame sans façons
Défait robe, corset, bas, chemise et cordons.
Elle présente d'abord son dos par convenance,
Ensuite se retourne et rougit par décence...
Sur différens côtés on la fait se tenir,
Puis debout, puis assise ; on finit par choisir
Une pose sans goût, sans noblesse et sans grâce.
L'appel est fait : chacun autour d'elle se place,
Tous se taisent d'abord occupés de leur traits
C'est à qui de la belle enlaidira les traits.
Quand Thilman le farceur d'un tabouret se lève :
« Un nouveau ce matin, nous vient pour être élève,
» Dit-il ; c'est un malin, je l'ai vu se vanter
» Qu'il ne souffrirait pas qu'on vînt le molester,
» Qu'à l'amende, à l'échelle il saurait se soustraire.
» Dans ce cas vous savez ce que nous devons faire.

» De l'un ou l'autre on laisse aux novices le choix ;

» Celui-ci doit avoir l'un et l'autre à la fois.

» Ce monsieur ne veut pas qu'on lui fasse de charge ,

» De le faire payer, moi, messieurs , je me charge... »

Approuvé!... mais on vient, c'est lui, c'est le nouveau!...

C'te tête ! oh ! ce Monsieur ! qu'il est laid ! qu'il est beau !

Non ce n'est pas à lui ce bel habit qu'il porte ,

Ce doit être un mouchard , à la porte ! à la porte !...

Le bruit est effrayant ; l'aspirant démonté

Malgré son assurance en est déconcerté ,

Et cet objet tout nu qui dans le moment pose ,

Du rouge de son front vient augmenter la dose.

L'heure vient de sonner... c'est l'instant du repos.

La Vénus prend un schal qu'elle met sur son dos

Tout le reste est à l'air... Lors auprès de la belle

Les galans vont parler... politique avec elle...

Tout-à-coup au signal , on range chevalets ,

Toiles, bosses, cartons, chaises et tabourets.

Au milieu de la salle on fait un vide immense

Sur l'arrivant troublé tout notre essaim s'élance,

Notre homme en vain résiste , il n'est pas le plus fort.

On défait son habit, Thilman le prend et sort.

La victime à l'échelle est fortement liée ,

Puis élevée en l'air semble crucifiée

L'échelle reste seule... Elle hésite un moment ;
Le poids du corps l'attire et l'entraîne en avant.
Le pendu jette un cri... mais des bras le soutiennent
Le lancent de nouveau, d'autres bras le retiennent
Puis lancé, puis reçu, l'effrayant attirail,
Dans les airs balancé dessine un éventail.
De nos jeunes bourreaux la troupe est attentive
Ils craignent toutefois qu'un accident n'arrive,
Ils seraient désolés de causer aucun mal
Et font bientôt cesser ce plaisir infernal.
On le détache enfin... l'œil enflammé de rage
Il parle de duel... on lui rit au visage...
Renaud, un des anciens, le console en ces mots :
« N'attribuez, mon cher, qu'à tous vos vains propos
» Cette épreuve pour vous en effet nécessaire,
» Cela ne fait pas mal et fait le caractère...
» Vous vous étiez conduit en homme maladroit,
» Mais de payer du punch, il vous reste le droit. »
— « Qui? moi! jamais!... dit-il. »—« Je le paie à sa place,
» Dit Thilman revenu, punch, café, liqueurs, glace,
» Tout ce que vous voudrez... la bourse du nouveau
» De nos libations saura payer l'écot.
» Que cherche-t-il ainsi?... c'est son habit je gage...
» Au mont-de-piété, nous l'avons mis en gage.
» Dans la rue en chemise, il pourrait s'enrhumer

» Voici le bulletin, qu'il l'aille retirer... »

— « Ah bravo!... c'est fameux, attrapé camarade !

» Allons à sa santé boire quelque rasade,

» Cependant à venir on pourrait l'inviter,

» Mais je crois qu'on ne peut sans habit l'accepter.

On esquisse à la hâte, on fait partir la belle,

Un novice galant disparaît avec elle ;

Et le nouveau, voyant qu'il ne peut faire mieux

Dégage son habit et va boire avec eux....

Au café des Rapins toute la troupe entrée,

Bientôt autour d'un bol se trouvant rassemblée,

Va du billard au punch et du punch au billard....

Ils sont près d'un spectacle et sur le boulevard....

Thilman était assis auprès d'une croisée

Méditant une farce ; — « il me vient une idée, »

S'écrie-t-il tout-à-coup en voyant les badauds,

« Je m'en vais, mes amis, attraper quelques sots....

» Jetez, sans vous montrer, les yeux par la fenêtre. »

Puis sur le boulevard, en grave géomètre

Il va près du théâtre, en main prend un compas,

Mesure avec sa canne et compte tous ses pas....

D'un royal architecte il garde l'assurance,

Il en a le sang-froid et le ton d'importance.

Par cent badauds bientôt il se voit entouré.

Thilman prend un cordon de sa poche tiré :

Et s'adressant sans rire à l'une de ses têtes
Qui pour se voir duper semblent là toujours prêtes,
« Mon Dieu ! monsieur, dit-il, oserai-je obtenir
» Un service.»—« Oui, sans doute, avec bien grand plaisir,
» S'il est en mon pouvoir volontiers je l'accorde. »
« — C'est de vouloir, monsieur, me tenir cette corde. »
Notre bonhomme alors la prend du bout du doigt,
Thilman la déroulant, à l'autre bout va droit.
A d'autres complaisans notre toiseur s'adresse,
Un nouvel imbécille à l'obliger s'empresse.
Alors Thilman se fouille et cherche vainement.. .
« — Excusez-moi, dit-il, je reviens dans l'instant. »
Puis rentrant au café va rejoindre sa bande....
Tels ont voit deux amours tenant une guirlande
Sur le haut d'une porte en grisaille tracés,
Tels nos individus importans, empesés,
Pour le bien général enflammés d'un beau zèle,
Candelabres nouveaux vont tenir la chandelle.
Et Thilman au billard a repris ses ébats....
Je vous laisse à penser tous les bruyants éclats,
Les effrayans transports, le turbulent délire
De la bande joyeuse accoutumée à rire.
« Les voyez-vous toujours ? parbleu ! je le crois bien,
» Oh ! la drôle de tête et quel noble maintien !
» Comme à tenir ce fil leur grâce se déploie !.. »

Alors nouveaux transports, nouveaux éclats de joie.
— « Sans être vus par eux il nous faudrait partir, »
Dit Renaud, « nous pouvons par derrière sortir. »
Tout soldé, nos gamins vont par une autre rue
Laissant nos épiciers jouer à la statue.
J'ignore tout le tems qu'ils s'y sont morfondus,
Mais quinze jours après, ils ne s'y trouvaient plus.

La lumière du ciel par l'horizon éteinte]
Avait jeté Paris dans une sombre teinte,
Et l'utile quinquet secondaire flambeau
Avait chez le marchand fait naître un jour nouveau,
Il était nuit enfin.... endurci dans le crime
Thilman de tous côtés cherche une autre victime.
Son œil accoutumé, petite rue au Bac
Sait bientôt découvrir un débit de tabac.
Seule pour le moment et veuve de pratique
A faire des cornets la marchande s'applique.
Notre homme chapeau bas, l'air grave et de bon ton :
— « Ah, madame, dit-il, je demande pardon
» D'ainsi vous déranger.»—«Ah! monsieur, au contraire. »
— « Je vous suis envoyé par notre commissaire,
» Pour venir déposer chez vous plusieurs paquets;
» Je dois vous prévenir qu'ils sentent très mauvais. »
—«Mais, comment, quels paquets?»—«Madame, je l'atteste,

» C'est une infection, c'est une odeur de peste !...
» C'est à n'y pas tenir ! » — Alors je n'en veux pas ! »
« — On placera d'abord tous les petits en tas.
» Ce coin peut recevoir la douzaine et demie ;
» On en mettra partout !... » — « Mais c'est une infamie '
» Je n'en veux pas, vous dis-je, allez vous promener !.. »
— « Je conçois que cela vous doive importuner,
» L'odeur en est si forte ! ! on peut à cette place
» Mettre tout prêt de vous les gros paquets en masse ;
» Ah ! quelle puanteur ! ! votre argent va noircir.... »
« Ah ça, monsieur, sans doute on veut se divertir, »
Dit la marchande outrée et rouge de colère.
— « Pour huit jours seulement, soyez dépositaire.... »
« Non, vous dis-je, attendez, quelqu'un va vous parler !.. »
Dit la femme en fureur montant son escalier.
— « Mais si vous n'aimez pas la douce odeur de l'ambre, »
Lui crie encor Thilman, « on peut dans votre chambre
» En placer.... mais j'entends certain pas retentir
» Diable ! dit-il tout bas, il est tems de partir.... »

Thilman part et fait bien, car cet autre adversaire
Était un gros gaillard à lui donner à faire.
Quand on fait une charge, il est bon d'éviter
Et d'en venir aux mains et d'avoir à lutter.
Un farceur doit toujours agir en conséquence,

Il doit choisir son monde et calculer la chance ;
A rire, à s'amuser se borne son désir,
Et s'il se fait rosser, adieu tout le plaisir.

FIN DU PREMIER CHANT.

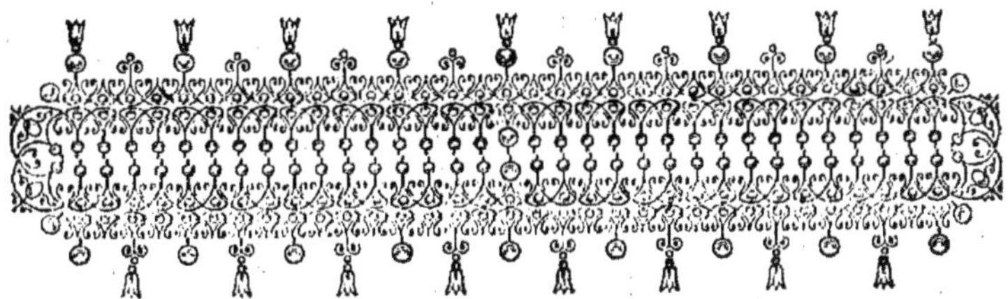

CHANT DEUXIÈME.

Décidément les rois font de mauvaises charges,
Témoins de Charles IX les royales décharges.
Je hais aussi ce roi qui, farceur indiscret,
Se plaçant en silence auprès du tabouret
Où la reine s'assied, va l'ôter par derrière.
Sur le parquet s'étend le très royal derrière.
La reine se fait mal et pleine de courroux

Ose appeler manant son maladroit époux.
Irrité d'un tel nom le prince un peu vulgaire
D'un soufflet plébéien a couronné l'affaire.
Après un tel exploit, lazaronne de cour,
Quitte un trône souillé, ta place est au faubourg!...

Plus une farce est simple et plus elle fait rire ;
Il faut que le dupé finisse par sourire ;
C'est ainsi que pensait mon camarade Aubris.
Un beau jour il fabrique avec du papier gris
Un cube, et d'un pavé représente la forme,
Puis, portant sous son bras ce poids qui semble énorme
Va dans le magasin d'un riche bijoutier,
Demande un anneau d'or, et pour mieux l'essayer
Il jette son fardeau sur le comptoir en glace,
Comptoir plein de bijoux.... s'élançant de sa place,
Le marchand pousse un cri.... tout doit être écrasé ! !
Mais, stupéfait de voir que rien ne s'est brisé,
Il saisit le pavé qu'il repousse sans peine,
Voit son erreur, et rit de sa frayeur soudaine.
C'est ainsi que sans mal on se peut divertir ;
Du moins on n'a jamais lieu de se repentir,
C'est le meilleur moyen ; amis veuillez m'en croire,
Mais reprenons le fil de ma première histoire.
Les rapins revenus au sein de l'atelier

S'excrimaient à salir leur toile et leur papier ;
Le joyeux souvenir de leurs farces passées
Aux dépens du travail occupait leurs pensées.
Au seul nom d'architecte , au seul mot de paquets
On les entendait rire encore un mois après.
Du répertoire enfin , ces scènes effacées
Par des faits plus récens , se virent remplacées.
Combien de fois Albert (c'est le dernier entré),
Se vit pendant ce tems vexé, contre-carré !
Que de fois , malgré lui , fut-il le point de mire
Des calembougs mordans , des traits de la satire !
Souvent même , il voulut se fâcher tout de bon ;
Ce fut encore pire !... il dut changer de ton.
Au badinage il sut plier son caractère,
Plaisanter comme un autre , et finit par se faire.
Mais son cœur ulcéré gardait le souvenir
De l'affront qu'à l'échelle il avait dû subir.
C'est à Thilman surtout qu'il en veut davantage ,
C'est lui qui sans façons mit son habit en gage ,
« Eh quoi , se disait-il , ce farceur de Thilman
» De tous les tours qu'il fait triomphe insolemment !
» Et pas un des rapins que son esprit opprime
» N'entreprend à son tour de le rendre victime !!
» Oui , ce rusé compère a besoin de leçon ,
» Je lui ferai tâter d'un tour de ma façon.

» La soif de ma vengeance et m'étouffe et me presse,
» De la charge volons consulter la déesse ; »
En achevant ces mots, il court vers son palais.
Jadis il fut construit par le grand Rabelais ;
Les murs sont tapissés par la caricature,
Bien qu'elle soit outrée, on y voit la nature ;
On lit sur le fronton, ces mots faits tout exprès :
« *Caricaturando castigamus mores.* »

Au milieu de la foule à son esprit soumise,
Sur un trône élevé, la déesse est assise.
Et ce trône par Dantan habilement sculpté,
Représente Momus avec la Vérité :
Par son malin ciseau la salle décorée,
Se voit de tous côtés de ses bustes ornée.
Sur la muraille on voit les chefs-d'œuvre rangés,
De Charlet si nature, et du fin Bellangé ;
Là, Monnier de Prudhomme écrit toute l'histoire ;
Plus loin, de Philippon l'ingénieuse poire ;
Sur la gauche est Granville, auprès de lui Pigal
Philosophe amusant, instructif et moral.
On y trouve au milieu des écrits de théâtre
L'ours qu'aux Variétés le parterre idolâtre.
Sur des rayons placés on voit les écrivains
Qui surent en riant, instruire les humains ;

Là se tient un journal des bons tours et des charges,
Portant écrit le nom de leurs auteurs en marges.
A côté de Tulou de Plantade est le nom ,
Bérat et son *coutiau*, Thil , Charles , Rougemon ,
Et tant d'autres enfin que je voudrais transcrire
Qui possèdent à fond l'art d'exciter le rire.

Albert d'étonnement s'arrête sur le seuil ,
Sur les murs en entrant il jette un prompt coup-d'œil ,
Et s'avançant : « Ô toi ! des farceurs protectrice !
» dit-il, sois en ce jour à mes desseins propice ,
» A ma main inhabile apprends à se venger ,
» Dis–moi, contre Thilman, ce qu'il faut inventer... »
La déesse, à ces mots , interromp la lecture
Du journal amusant de la Caricature ,
Jette un regard malin sur le jeune aspirant ,
Et ne peut s'empêcher de rire en lui parlant.
« Mon fils , que m'as-tu dit , contre un objet que j'aime ?
» Tu viens me demander un nouveau stratagême ,
» Te venger d'un confrère , est ton plus grand désir.
» Hélas ! si tu pouvais lire dans l'avenir
» Le destin que Thilman à lui même s'apprête ,
» Je verrais tes cheveux se dresser sur ta tête ! ! !
» Tu penses que Thilman de plaisirs occupé ,
» D'aucun autre projet n'a l'esprit tourmenté ?

» Tu te trompes.... on voit les plus prompts à la joie,

» D'une douleur sans borne , être souvent la proie....

» Mais tu ne peux sonder ce pénible secret,

» Ni savoir du destin l'irrévocable arrêt.

» Tu viens me demander , en victime outragée ,

» D'inventer une peine à l'offense égalée ;

» Je devrais refuser... et pourtant aujourd'hui

» Je veux bien te fournir des armes contre lui.

» On voit dans l'atelier sur la porte une planche ,

» Seule elle peut t'offrir noblement ta revanche.

» Place sur cette planche un grand sceau rempli d'eau ,

» Qu'une corde à la porte attache bien ce sceau ;

» Puis fais entrer Thilman... lors sa tête arrosée ,

» D'un déluge nouveau se verra submergée. »

Ainsi dit la déesse avec un air moqueur.

Albert charmé s'incline et part la joie au cœur.

A peine est-il rentré qu'aussitôt il explique

Son projet à tous ceux que Thilman le caustique

A souvent fait rougir... Sur la planche perché

Le sceau par une bosse est avec soin caché.

Ce sceau par une corde à la porte tenue

En ouvrant doit pencher versant l'eau contenue

Sur le premier entrant... mais pour bien réussir

Il fallait que Thilman consentît à sortir.

Voici ce que l'on fit : « Thilman quelqu'un t'appelle ,

» Dit un des conjurés, c'est une demoiselle. »

Thilman sort aussitôt. On fixe le lien.

Thilman court à sa belle, il cherche, mais en vain.

« On s'est moqué de moi, dit-il, suis-je assez bête !

» C'est bien fait ! » A ces mots à rentrer il s'apprête ;

Pourquoi s'arrête-t-il au bas de l'escalier?...

Il a vu le patron venir à l'atelier.

Le patron n'est pas seul, un monsieur l'accompagne

Qui s'avance aussi fier qu'un ministre d'Espagne.

C'est le père d'Albert de St-Louis chevalier,

Par lui-même il prétend visiter l'atelier.

Thilman donc est resté car il est très-honnête.

Il leur cède le pas en inclinant la tête.

Le maître est en avant en homme qui conduit,

Il ouvre d'une main et de l'autre introduit

Le père visiteur... L'effroyable gouttière

Sur le père inondé déverse tout entière...

Le cercle des rapins à la porte rangé

Croyait rire aux dépens de Thilman aspergé ;

Le rire est refoulé dans leur bouche entr'ouverte,

Du maître inattendu l'aspect les déconcerte.

Tous sont pétrifiés. Albert a reconnu

Ces cheveux blancs mouillés et reste confondu....

S'apercevant du bain auquel son corps échappe,

Malgré tout son respect mon Thilman rit sous cape.

Le rire comprimé gagne le professeur
Qui ne se retient plus et dilate son cœur.
Alors des cris de joie est parti le tonnerre
L'un se tient les côtés, l'autre se roule à terre...
Albert seul ne rit pas, son œil embarrassé
Rencontre du papa le regard courroncé...
On s'excuse, on l'essuie, on le frotte, on le sèche,
Et de rentrer chez lui le noyé se dépêche.
Oh que ce pauvre Albert maudit au fond du cœur,
Le désir qui lui vint de faire le farceur,
Car le malheur voulut que depuis sa noyade,
Pendant plus de trois mois son père fut malade.
Ce qui prouve un dicton que vous reconnaîtrez :
Ce que l'on crache en l'air retombe sur le nez.
Aussi guéri des tours Albert plus n'en invente,
Et d'être spectateur désormais se contente.

Des modèles la table est dans un atelier
Le trône où ces messieurs s'en viennent déployer
Les grâces de leur corps, la rondeur de leur cuisse.
C'est là qu'on vit briller tour-à-tour Gerfand, Suisse,
Lena, Fichon, Veri, Pecota, l'amoureux,
Le fameux Polonais, le Brechon scrupuleux,
Brechon qu'on mit toujours le nez à la muraille.
Un jour Brechon est seul, personne ne travaille,

L'heure a sonné, n'importe, il présente son dos ,
Et comme à l'ordinaire il s'arrête au repos.
Seul tout le jour il pose avec le même zèle ,

Mais j'allais t'oublier, ô toi! le roi modèle,
Toi vivant écorché, célèbre Cadamour !
O nouveau Ménélas! souviens-toi de ce jour
Où voyant ton Pâris , d'une main vengeresse
A défaut de rochers tu saisis une caisse ;
Sur ton rival heureux ton bras l'allait jeter,
Quand un « Dieu qu'il est beau ! » vint soudain t'arrêter.
La gloire de la pose a refroidi ta bile
Et pour être croqué ton bras reste immobile.

Pour le moment le trône est par Suisse envahi
Ce modèle est du peintre et le frère et l'ami.
Une farce avec lui par Thilman se concerte.
De carreaux de carton la fenêtre couverte
Donnait sur une rue. Avec de la couleur
Thilman peint une tête énorme de grosseur.
Il fait le front, le nez , les yeux, enfin la face.
De l'une et l'autre joue il a coupé la place ,
Comment doit-il remplir de ce vide le creux ?
Suisse déshabillé vient se ployant en deux ,
De ses fesses remplir l'une et l'autre lacune
Et montrer aux passans en plein midi la lune..

Bientôt en un clin d'œil tout le monde amassé
Du nouveau phénomène est très-embarrassé.
» Il me semble, dit l'un, que c'est une peinture. »
— « Mais je vois remuer comme dans la nature,
» Je crois qu'il est vivant. — Cela ne se peut pas. »
— « Mais qui diable pourra nous tirer d'embarras? »
— « Eh! messieurs, leur répond un vieux apothicaire,
» Voulez-vous le savoir? eh bien c'est un derrière. »
Tout le monde à ces mots se retira confus,
Jurant, quoi qu'un peu tard, qu'on ne l'y prendrait plus.

FIN DU DEUXIÈME CHANT.

CHANT TROISIÈME.

Pour vivre sans chagrins au sein d'un atelier
Il faut que votre esprit, sans se contrarier,
Entende d'un bon mot l'innocent badinage,
Amis, c'est, croyez-moi, le parti le plus sage
Mais le trait contre vous vient d'être décoché,
N'importe, ripostez sans paraître fâché ;
Si vous ne pouvez pas, le meilleur est d'en rire,
Ce moyen infaillible arrête la satire.

La nature, dit-on, vous a façonné laid,
Votre dos est bossu, votre pied contrefait,
Le crayon fait sur vous une caricature,
Eh bien, imitez-la, chargez votre figure,
Dessinez vous plus laid, plus boîteux, plus perclus,
Et vous verrez bientôt qu'on n'y pensera plus.
Mais si vous déployez un esprit irascible,
Vivre avec le rapin sera chose impossible.
Le sans-bras Ducornet et Norblin le bossu
Illustres aujourd'hui voient leur nom plus connu
Que celui des plaisans qu'on vit les contrefaire.
Ils surent déployer un heureux caractère,
Riant tout des premiers des bons mots faits sur eux,
Tous deux étaient aimés, on les fêtait tous deux.
Norblin eut le grand prix, et malgré sa disgrâce
Près des peintres fameux Ducornet tient sa place.
Hélas! l'as-tu suivi cet exemple excellent?
Imprudent Bouginier! Bouginier imprudent!!!
La nature prodigue en ses bizarreries
Exagera ton nez en formes agrandies.
Quand ta mère en son sein moulait ce nez, dit-on,
Son œil mal dirigé fixa le Panthéon;
Si cet œil mieux conduit au lieu d'un vaste dôme
Avait choisi pour but la colonne Vendôme,
Peut-être en Roquelaure auprès de la beauté

Plus riche qu'un mulet te verrait-on cité !...
Pour être peintre, un jour Bouginier se présente,
Les rapins sont d'abord stupéfaits d'épouvante,
Avec le tems enfin chacun s'est rassuré
De l'espèce du monstre on s'est bien assuré.
Le fait bien reconnu, les poumons se dilatent
En rires insolens tous nos rapins éclatent.
Alors mon Bouginier loin de faire comme eux,
Jetant autour de lui des regards furieux,
A l'aide d'un bâton veut exhaler sa bile,
Un bras l'arrête à tems et le tient immobile.
Oh ! triste Bouginier ! quelque démon malin
A-t-il jeté sur toi son souffle et son venin ?
Dès que la force a pu te réduire au silence,
Le mordant quolibet de toutes parts commence,
« Grand Dieu, dit l'un, quel nez ! il tient tout l'atelier !
» J'ai cru voir, dit un autre, un casque de pompier.
» A l'abri d'un tel nez, dit Thilman, je parie
» Que son ventre et ses pieds n'ont jamais eu de pluie.
» S'il doit éternuer, certes, tout se fendra
» Et pour moucher ce pif il faut au moins un drap.
» Malheur aux phaëtons qu'une main maladroite
» Engage avec ce monstre en une rue étroite !...
» Oui, l'on verra cesser la circulation
» Si le soir à son nez il ne met un lampion....

» Les enfans en ont peur et les femmes troublées

» Craignent ou son regard , ou d'être reniflées. »

Autant de quolibets autant de mille cris....

Oh! pauvre Bouginier! tes maux sont-ils finis?

Le jour suivant verra s'achever ta ruine.

Thilman vient d'arriver, sa figure est chagrine.

« Je viens d'être , dit-il, témoin d'un grand malheur.

» Notre ami Bouginier, d'un air triomphateur

» Marchait le nez au vent, soudain une rafale

» S'engouffre en tourbillons dans sa fosse nasale.

» Le nez résiste en vain.... redoublant ses efforts ,

» Le vent sur le pavé lance l'effrayant corps.

» Jamais, oh! non jamais! je ne pourrai vous dire

» Le merveilleux effet que j'ai vu se produire.

» A ce terrible choc , les carreaux sont brisés,

» Les pavés défoncés et les murs lézardés.

» Un puits se fait chez nous.... le contre coup en Chine

» A fait subitement poesser une colline.

» Ainsi, Napolitains , vos regards effrayés

» Ont aperçu des monts dans une nuit créés.

» Vous n'avez pu savoir d'où venaient ces miracles ,

» Vous avez vainement consulté vos oracles ;

» Je viens résoudre enfin ce problème ignoré,

» Ce jour un pareil nez en Chine était tombé. »

Après un tel discours l'allégresse est entière ,

Bouginier frémissant étouffe de colère....

Ces traits sont-ils les seuls qu'on lui doive lancer ?

De combien de dégoûts le doit-on abreuver ?...

Car enfin quel est donc ce papier qu'on admire

Soulevant au passage un tonnerre de rire ?

Ciel ! qu'ai-je vu ? c'est toi, c'est ton vivant portrait,

Tu ne t'attendais pas, dis, à ce dernier trait ?

Ton regard effaré s'attache à la muraille ;

A la couvrir de nez tout le monde travaille.

Oh ! qu'il fut bien fondé ton brûlant désespoir !

Tout est perdu pour toi, vas, pour toi plus d'espoir !

Le proverbe le dit et tous les faits l'attestent :

« Les paroles s'en vont... mais les écrits?... ils restent. »

Bouginier n'y tient plus il s'élance hors de lui,

Dans la rue au hasard sa marche le conduit.

Un spectacle accablant soudain le déconcerte,

Il voit d'énormes nez chaque maison couverte !...

Ciel ! pour ne plus se voir où doit-il se cacher?

Dans la rue à présent ne doit-il plus marcher ?

L'imitateur gamin de tous côtés le trace

Et le numéro six aux Bouginiers fait place.

Ce n'était rien encor. C'est par lui que Dantan

Commença pour la charge à prouver son talent.

Mais las ! que devins-tu ? lorsque la renommée

Vint dire que ta face en tous lieux dessinée,

Couvrant les monumens de vingt peuples divers
Avait porté ton nez au bout de l'univers.
Après la France on vit la Suisse et l'Allemagne
Avoir des Bouginiers. Tous les murs en Espagne,
En Grèce, en Italie en furent recouverts,
Et ton mufle passant aux amis d'outre-mers,
En Egypte on en fit. Cette nouvelle fresque
Plut à l'égyptien, amateur du grotesque.
A ce signe nouveau ses regards étonnés
Du sphinx accamardi crurent revoir le nez.
Dès lors le voyageur d'antiquités avide
Put voir des Bouginier sur chaque pyramide.
O profanation ! dessinateurs pervers !
Faut-il voir par un pif cent siècles recouverts !...
Ce bel hiéroglyphe aux formes si brillantes
Embarrassa, dit-on, les recherches savantes
Du grand Champollion... Son érudition
Fut long-temps en échec ; et sa conclusion
Fut que ce fait prouvait que depuis Ptolomée
L'espèce en ce pays était dégénérée.
J'ai commencé l'histoire et je dois la finir
Notre homme trop froissé fut contraint de partir.
De cette mort pour l'art, rapins vous fûtes causes !
Ce fut un malheur ! car... dans ce nez que de choses!

FIN DU TROISIÈME CHANT.

CHANT QUATRIÈME.

Notre gouvernement des beaux-arts protecteur
Daigne faire aux rapins une insigne faveur
Car sa main faisant trève à sa parcimonie
Lâche quelques cents francs pour une académie.
Au moyen d'un concours les artistes reçus
Peuvent y dessiner des modèles tout nus.
Les rapins sont assis sur des bancs circulaires
Derrière eux sont debout les jeunes statuaires ,
Qui sur leurs fonds terreux de leurs bourbeuses mains

S'escriment à changer la glaise en mannequins ;
Comme pour ces messieurs, là, l'étude est gratuite,
Meilleur est leur travail, meilleure est leur conduite.
Il faut bien avouer que l'œil des surveillans
Contribue à tenir ces étournaux bruyans ;
Pourtant ces surveillans qu'une si haute place
Devrait mettre à l'abri de leur coupable audace
Sur eux voyaient tourner leurs traits malicieux....
Tu l'éprouvas, Mourrette ! O vieillard malheureux ! !
Te souvient-il du jour, qu'une main impudique
Osa priver ton chef de cette queue antique !
Tes yeux, tes tristes yeux vieillis dans la douleur,
Eurent des pleurs nouveaux pour ce nouveau malheur...
Lorsque de ta moitié, la main un peu paillarde
Ne fit plus frétiller cette queue égrillarde,
Tu la vis s'écrier d'un ton vraiment chagrin :
« Grand Dieu ! c'en est donc fait ! il ne lui reste rien !.. »
La main du criminel est encore ignorée,
Ainsi qu'un assassin sa tête était voilée !..

Quand la pose est finie et les quinquets éteints,
L'antre des arts vomit la masse des rapins.
Les farceurs aussitôt commencent leur ravage
Et malheur aux marchands qui sont sur le passage.
Une belle lingère étalait ses bonnets
D'une forme élégante, ornés de rubans frais.

La dentelle et le tulle inondaient la boutique.

Thilman entre, salue, ainsi qu'on le pratique.

— « Madame, je désire acheter des bonnets. »

La marchande aussitôt de montrer les mieux faits ;

Elle fait admirer les plus belles dentelles,

Combien ils sont légers, combien les fleurs sont belles ;

Thilman émerveillé n'y trouve aucun défaut.

— « Mais ce n'est pas, dit-il, ces bonnets qu'il me faut. »

— « On peut vous en montrer qui sont d'une autre forme. »

De bonnets amassés on fait un tas énorme ;

On a sur le comptoir vidé tous les cartons....

— « Les bonnets dont je parle ont tout autres façons, »

Dit Thilman, « ils n'ont pas cette forme habillée. »

— « Eh comment sont-ils donc ? dit la femme ennuyée ,

» Seraient-ils pour la nuit? — « Oui, la nuit on s'en sert.»

— « En voici de très beaux dans ce carton ouvert. »

— « Pas encor ! le bonnet que l'on veut que j'achète

» Est orné d'une mèche et se met sur la tête,

» De cette sorte. » — « Eh! c'est un bonnet de coton!! »

— « Coton, oui c'est cela ! vous avez bien raison !

» Un bonnet de coton!! que je vous remercie ;

» C'est ce mot de coton que sans cesse j'oublie ;

» En avez-vous? »—« Eh non ! monsieur, je n'en vends pas,

» On trouve ces bonnets chez les marchands de bas. »

— « C'est bien cela.... coton!! alors je vous salue. »

Thilman sort grommelant coton !... jusqu'à la rue ;
La marchande en fureur pour comble de ses maux
En lui lançant la porte a cassé deux carreaux ;
Des rapins spectateurs l'hilarité cruelle
Vient lui prouver encor que l'on s'est moqué d'elle.

On sait depuis long-tems que le pauvre épicier
Est le but obligé des traits de l'atelier.
A ce nom tout rapin se croit permis de rire,
Et des mauvais plaisans il est le point de mire.
Pourquoi ? je le demande ! a-t-il donc moins d'esprit ?
Eh quoi ! vendre du suif ! vendre du fruit confit ;
N'est-ce donc rien ? il faut pour trancher du fromage
Un coup-d'œil bien plus sûr que pour faire un visage.
Ses calembourgs d'ailleurs sont mieux appréciés,
Témoin l'illustre enseigne : Aux bons *épis sciés.*
Mais Thilman sans égards pour les nombreux services
Que rendent aux gourmands son poivre et ses épices,
Oubliant que lui-même au repas du matin
A l'aide du fromage a savouré son pain ;
Thilman, l'ingrat Thilman, avise la boutique
D'un épicier, bonhomme au regard pacifique,
Il entre sans remords puis abaissant la voix :
— « Je voudrais bien, dit-il, avoir des gants chamois. »
— « Je n'ai pas bien compris ce que monsieur veut dire. »

— « C'est pour aller au bal les gants que je désire. »

—«Monsieur, je n'en ai pas.»—«Pour bien coller aux doigts

» Rien n'est à comparer à la peau de chamois. »

—«Monsieur, vous vous trompez.»—«Pour moi je les préfère

» Je prendrai de ces gants volontiers une paire,

» Et vous même avec soin vous allez m'en choisir;

» Je vais pendant ce tems un moment m'assoupir. »

Cela dit, sans façons il choisit une chaise,

La pose lentement et s'étale à son aise.

L'épicier ne sait plus à quel saint se vouer,

Il a beau par le bras le vouloir secouer,

Thilman lui ronfle au nez pour sa seule réplique.

Etendu de son long il emplit la boutique,

Il tient toute la place, on ne peut plus passer.

« Allons, dit le bonhomme, il faut bien le laisser;

» Il dort comme chez lui. Mais ce qui me chagrine

» C'est qu'il a fait sauver ma petite voisine;

» Elle est entrée ailleurs…. autant d'argent perdu. »

Les ronflemens finis, après s'être étendu,

Avoir toussé, baillé, Thilman enfin se lève :

— « J'ai fait je crois un somme et le plus joli rêve ! !..

» Ah j'en avais besoin…. ah ça ? où sont les gants? »

— « Eh! ce ne sont pas là les objets que je vends…

» Je suis un épicier je vends du bon fromage. »

— « Pourquoi donc mettez-vous des gants en étalage ?

— « Des gants? chez moi jamais des gants n'ont été vus...

— « Pourtant à votre enseigne on en voit suspendus.

— « Allons, c'est un peu fort, vous m'en contez de belles!..

—»Mais que vois-je! ah pardon! tiens! ce sont des chandelles! »

Sur ce, Thilman s'en va lui tirant son chapeau

Et laisse l'épicier se creuser le cerveau.

« Il a pris pour des gants la chandelle pendue,

» Dit-il, Dieu! qu'il est bête! et qu'il a la berlue! »

Mais des éclats partis d'un groupe un peu moqueur

Lui prouvent de quel genre était cet acquéreur.

FIN DU QUATRIÈME CHANT.

CHANT CINQUIÈME.

Quand le rapin travaille, il tourne sa prunelle
Ou bien sur son ouvrage ou bien sur le modèle :
Sa main est occupée aussi bien que ses yeux ;
Mais sa langue !!! elle est libre et se donne beaux jeux,
Car le dieu du silence en son amphithéâtre
Ne peut être reçu que comme buste en plâtre ;
On y parle toujours.... de religion ? point ;
De morale ? fort peu ; politique ? encor moins.

Quel est donc le sujet qui seul les électrise ?
C'est la bonne bêtise, oui, la franche bêtise !...
Ont-ils tort ! moi, j'en doute... il vaut ma foi bien mieux
Abandonner le grave aux gens prétentieux.
Celui qui dit des riens dit souvent quelque chose,
Et de bien raisonner, lorsque l'on se propose,
Tout le contraire arrive.... Au diable la raison :
Le rapin n'en veut pas et dira toujours non !!...

A peine mes amis étaient-ils tous ensemble
Occupés de leur croûte ou bien de leur ensemble
Qu'on les voyait parler et rire à qui mieux mieux,
Lâchant des calembourgs, souvent des mots heureux,
Ne prononçant jamais raisonnables paroles,
Des bêtises toujours, toujours des fariboles.
« Allons, l'ami Thilman, dit un jour un rapin,
» Veux-tu nous raconter l'histoire de Bélin ?
— » Avec plaisir, dit-il, mais il faut du silence. »
Après s'être mouché, le narrateur commence.

HISTOIRE DE JEAN BÉLIN.

Jean Bélin vint au monde à l'âge de trois ans ,
De parens il est vrai tout-à-fait indigens ,
Mais voleurs.... il reçut des mains de la nature
Tant de facilité pour l'art de la peinture ,
Qu'à l'âge de cinq ans , tous ses rivaux surpris
Le virent au concours remporter le Grand prix.
Comme un bon ouvrier qui chérit sa science,
En Turquie il voulut faire son tour de France.

Jean Bélin avait fait un superbe tableau
D'un seul pied de largeur et de trente de haut.
La décolation du grand saint Jean-Baptiste
Fut l'aimable sujet choisi par cet artiste.
Le voilà donc parti pour offrir son tableau
A la Sublime-Porte , amateur du couteau....
Sa marche au Pont-Euxin le conduit tout en nage ,
Il paie à l'invalide un sou pour le passage ,
Et , montant l'escalier d'un pas délibéré ,
Devant Sublime-Porte il se voit arrivé.
Pan, pan, pan. « Qui va là ? — Moi,...—Qui donc, imbécile?

— » Eh ! c'est moi, Jean Bélin, *peintre au beurre et à l'huile ;*

» J'ai fait une peinture et veux vous la montrer :

» Une tête coupée ! — Ah ! ah ! tu peux entrer....

» Nous chérissons assez ce genre d'exercice... »

Jean Bélin à cet ordre en la chambre se glisse.

« Accroche ton image à ce porte-manteau. »

Le peintre obéissant y suspend son tableau.

« Tiens ! tiens ! tiens ! c'est gentil, c'est assez agréable !

» Du bleu, du vert, du jaune et du beau rouge en diable !

» C'est très-bien ; mais, dis-moi ? tu n'as donc jamais vu

» Une tête coupée ? — Oui, j'ai bien aperçu

» De loin guillotiner un oncle de ma mère ,

» Mais j'étais mal placé.... — Dès-lors j'ai ton affaire :

» Dis à Roustan d'aller chercher en même temps

» Et six esclaves noirs et six esclaves blancs.

» Roustan ! c'est douze noirs dont six blancs qu'on demande !

Dit Bélin ; — et Roustan d'amener la commande....

» Voyons , lequel veux-tu ? parles, tu peux choisir ,

» Est-ce un noir, est-ce un blanc ? — C'est pour vous divertir

» Que vous parlez ainsi, du moins je le suppose...

— « Tu crois, alors on va te faire voir la chose. »

Sur ce, Sublime-Porte avec son cimeterre

Tranche un esclave et l'air d'une main si légère ,

D'un coup si fin , si fin que rien n'en a bougé.

« Ah ! dit Bélin riant, va ! farceur enragé ,

» Ce n'était qu'une frime , une bonne surprise.

— » Tu crois ça ? dit Sublime, eh bien ! donne une prise. »

Jean offre le tabac..... l'esclave a reniflé ,

La tête éternuant roule sur le pavé !....

« Remporte ton tableau , retouche et recommence. »

Bélin ramasse tout et s'esquive en silence.

Après avoir long-temps corrigé , dessiné ,

Il retourne en Turquie et voit le Pont tourné.

Jean est forcé de prendre une route nouvelle

Et monte chez le Turc du Levant par l'Échelle.

Pan, pan. « Qui va là ?—Moi.—Qui toi ?—Moi, Jean Bélin.

— » Eh bien ! quoi Jean Bélin ? — Un peintre italien ,

» Vous savez bien, tableau d'une tête coupée !....

— » Ah ! voyons si ta coupe est mieux exécutée ;

» Entre, accroche, ah! ma foi, c'est bon ça! c'est bien mieux;

» Mais tu n'as donc pas vu , vu de tes propres yeux

» Ce que c'est Jean Bélin qu'une tête coupée ?

— » Pardonnez-moi , Sublime , en la dernière année

Vous-même , sans façon , m'avez fait l'amitié

» D'en couper une. — Ah ! oui , je l'avais oublié....

» Vois donc de s'en servir quelle est notre manière

» Et profite un peu mieux qu'à la leçon dernière.

» Nous prendrons ce beau noir puisque l'autre était blanc,

» Pssit... — Ah ! ah ! dit Bélin , vous avez fait *semblant*....

» Car sur le cou sa tête est toujours bien assise...

— » Connu ton calembourg, malin !... Donne une prise. »

Le tabac est donné, l'esclave éternuant

Voit sa tête en roulant courir sous le divan.

« Retouche et retravaille ! » et Bélin sans rien dire

Met le tout sous son bras et confus se retire.

Après avoir repeint, retouché de nouveau,

Il se remet en route avec son grand tableau ;

Il prend les omnibus pour activer sa marche,

Court trente heures par jour, monte et descend la Marche

D'Ancône, et voit encor lever le Pont-Euxin.

Force lui fut de prendre alors l'autre chemin.

O douleur ! du Levant on a tiré l'échelle....

Il court chez le marchand en prendre une nouvelle ;

Il la dresse tout seul debout contre le mur ,

Et cassant un carreau (pour entrer moyen sûr)

Par la fenêtre il vient pour visiter la Porte.

Pan... pan... « Qui va là?—Moi, » dit Jean d'une voix forte,

» Tableau ! tête coupée ! — Alors tu peux entrer ,

» Allons , voyons ta page.... et Bélin de montrer.

— » C'est bon ça ! touche fine, aimable et caressée !

» Mais tu n'as donc pas vu de tête bien tranchée !

— » Pardon, vous savez bien qu'en homme généreux

» Vous eûtes la bonté pour moi d'en couper deux...

— » Puisqu'il en est ainsi, pour que bien tu comprenne,

» En fait de tête il faut que je coupe la tienne !...

— » Allons , vous voulez rire et vous moquez de moi ;

» La Sublime est toujours très-drôle à ce qu'on voi. »

Mais pendant ce colloque, avec le cimeterre

Le sultan a tranché sa nuque par derrière ,

Mais si fin , si léger, si gracieux est le coup

Que même Jean Bélin n'a rien senti du tout.

« Va-t'en retravailler ! » Jean son tableau remporte.

Oubliant qu'aujourd'hui cette Sublime-Porte

Est très-basse , en passant il s'y cogne le front ,

Et sans le remarquer, derrière son talon

Laisse rouler son chef... toute la populace

Riait de voir cet homme et sans boule et sans face.

Jean veut en faire autant, mais est embarrassé ,

Car de rire sans bouche il n'est pas très aisé.

Lors n'ayant plus sa tête et ne sachant que faire ,

Il vole au Pont-Euxin et tombe à la rivière....

Tel est de Jean Bélin le récit avéré

Que des savans croiront peut-être exagéré.

FIN DU CINQUIÈME CHANT.

CHANT SIXIÈME.

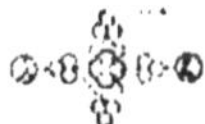

A Paris la grisette, ardente pour la danse,
Trouve de tous côtés des jardins de plaisance
Où l'on peut, de l'aiguille oubliant les tracas,
Se livrer à l'amour ainsi qu'aux entre-chats.
C'est là qu'on la voit belle étrenner le dimanche
Le fin chapeau de paille, ou bien la robe blanche ;
Ou ces colifichets qu'un jeune étudiant
Avec l'argent du terme achète en s'endettant.

Beaujeon, Delta, Marbeuf, Tivoli, Belleville,
Ouvrent leurs verts bosquets aux danseurs de la ville,
Et la chaumière voit au bal dans son jardin,
La dansante beauté du faubourg Saint-Germain.

Aisément on conçoit que nos rapins fréquentent
Des lieux où les plaisirs en foule se présentent,
Ces lieux où la beauté surgit à chaque pas,
Devaient avoir pour eux de merveilleux appas.
Ils s'y rendaient souvent. Leur troupe évaporée
A Belleville un jour va passer la soirée.
Mais comme il faut d'abord pour pouvoir pénétrer,
Comme partout ailleurs payer le droit d'entrer;
Par cet emprunt forcé la pauvre compagnie
Vit réduire à néant sa bourse dégarnie;
Il leur restait en tout, trois francs à dépenser!
Sans doute c'est joli de pouvoir se pousser,
Courir sur le gazon, s'y donner donner des bourrades,
Sans dames cependant ces jeux sont un peu fades,
Je crois qu'à ces plaisirs on peut se divertir,
Mais ils échauffent tant qu'il faut se rafraîchir;
Pour cela de l'argent!... D'ailleurs si la fortune
Fait faire une rencontre en ce sérail commune,
Peut-on se dispenser près des chevaux de bois
D'y laisser la beauté monter deux ou trois fois;

Pour cela de l'argent !.. de plus votre compagne

Voudra descendre en char du haut de la montagne ;

Puis l'article coûteux du rafraîchissement ;

Pour cela de l'argent et toujours de l'argent !!

Tels étaient les propos que la tête baissée

Débitait notre troupe à la bourse percée....

Mais Thilman a souri.... l'espoir alors a lui

Dans ces cœurs abattus qui comptent tous sur lui.

« Ah ! messieurs, leur dit-il, ma verve est inspirée,

» Nous aurons de l'argent pour passer la soirée.

» Notre nombre a besoin d'être réduit, je croi ,

» Car nous ne pourrions tous conserver du sang-froid.

» Veuillez dans le jardin un moment nous attendre.

» Si nous réussissons nous viendrons vous l'apprendre. »

Il dit et prend Renaud avec le gros Bertrand ,

L'illustre possesseur des trois pièces d'un franc.

On tient conseil... ensuite on monte au belvédère

D'où l'œil émerveillé peut voir la ville entière

Et compter de Paris les monumens vantés.

Aussi par l'étranger ces lieux sont fréquentés :

C'est là que l'habitant de l'Angleterre abonde ;

Il y vient admirer la merveille du monde.

Comme il est de bonne heure, ils sont seuls un moment ,

Ils en ont profité pour préparer leur plan :

Thilman met son chapeau du côté de la porte.

Bientôt au belvédère en foule on se transporte.
Alors d'un cicerone, usurpant tous les droits,
Thilman fait remarquer tous les plus beaux endroits
Qui sont devant leurs yeux. « Voyez quelle étendue,
Dit-il avec emphase, admirez cette vue !...
A-t-on jamais pu voir un spectacle plus beau ?...
De Vincennes d'ici vous voyez le château.
C'est là que Daumesnil, par sa noble défense,
Pendant l'invasion illustra sa vaillance.
La barrière du Trône offre à l'admirateur
Deux colonnes de pierre et d'égale grandeur ;
Là, la Salpétrière ; ici le Val-de-Grâce
Où le soldat malade est sûr de trouver place ;
De Notre-Dame après on aperçoit les tours ;
Le Panthéon dans l'air voit perdre ses contours ;
Cette église possède au plafond de son cintre
Un chef-d'œuvre éclatant de Gros, l'illustre peintre ;
On découvre tout près Saint-Étienne-du-Mont ;
Saint-Gervais en avant ; l'Observatoire au fond ;
Le palais Luxembourg est près de Saint-Sulpice ;
Ce dôme couvert d'or, éclatant édifice,
C'est l'asile assuré du soldat vétéran,
Il fut pour la valeur bâti par Louis-le-Grand ;
De l'Oratoire à droite on découvre le dôme ;
Mais surtout admirez la colonne Vendôme,

Le bronze des canons pris sur nos ennemis
Recouvre de son fût les contours arrondis ,
Ces canons qui portaient la mort dans leurs entrailles
Font vivre en bas-reliefs nos célèbres batailles ;
Mais ce tombeau futur du grand Napoléon
Demande en vain sa cendre à l'enfant d'Albion !! »

C'est ainsi que Thilman successivement nomme
Les monumens nombreux de la nouvelle Rome.
Sa voix à chacun d'eux rattache un souvenir.
L'auditoire attentif l'écoute avec plaisir.
D'un œil tout ébahi mons' Bertrand le contemple ;
Mais sur un signe il part ; et pour donner l'exemple ,
Il jette en s'en allant vingt sous dans le chapeau....
Vingt sous sont mis aussi par son ami Regnauld ,
Dans ce castor qui semble oublié par mégarde ,
Beaucoup trop occupé Thilman n'y prend pas garde.
Chacun se croit forcé d'imiter sir Bertrand ,
Et dedans le chapeau donne en se retirant.
A chaque spectateur description nouvelle ;
Sans se déconcerter Thilman les renouvelle....
La quête en peu d'instans produit cinquante francs ;
Mais enfin redoutant des yeux trop pénétrans ,
Nos rapins sans façon empochant la recette
Se hâtent de courir sans tambour ni trompette

Auprès de leurs amis inquiets sur leur sort.
L'aspect de cet argent excite leur transport,
On croirait qu'ils sont fous, leur ivresse est complète ;
On les voit gambader autour de la recette ;
Sur leurs bras en triomphe ils promènent Thilman ;
Grâce à lui la soirée aura passé gaîment.
Chaque passant chez eux redouble l'allégresse,
Chacun est à leurs yeux le banquet de la caisse ;
Tout dès lors paraît beau, tout dès lors est meilleur,
Plus de laide à leurs yeux, le bal est enchanteur,
Ils rencontrent parfois les yeux d'un donataire
Qui, revoyant Thilman, s'enflamme de colère ;
Il est vexé de voir qu'il ose ainsi danser ;
Mais comme il lui paraît de force à riposter,
Entre ses dents tout bas seulement il marmotte...
Et Thilman le narguant des pieds toujours tricote.

L'argent fut dépensé pour les menus plaisirs,
Et chacun eût de quoi contenter ses désirs.
« Mais, dit un des rapins, où Renauld peut-il être ?
— » Avec une élégante on l'a vu disparaître.... »
Dit Bertrand, « le voici qui court de ce côté ! »
— « Eh bien te voilà seul, où donc est ta beauté ? »
— « Mes amis, attendez, il faut que je respire....
» Car je suis essoufflé.... Je dois d'abord vous dire,

» Que dans un pavillon favorable aux amans

» J'avais avec ma belle été quelques momens....

» A bavarder s'entend.... Ma harangue finie ,

» Il fallut regagner chacun la compagnie.

» Je saisis donc la porte et m'apprête à partir ,

» Mais une main de fer m'empêche de l'ouvrir.

» Quelqu'un tient en dehors le marteau de la porte ;

» J'ai beau tirer , je trouve une poigne plus forte ;

» Tous mes efforts sont vains et je sens résister.

» Cette opposition commence à me piquer.

» Ma dame par un trou jette aussitôt la vue.

» Ah ! dit-elle , je suis une femme perdue.

» C'est un des espions de mon vilain époux ;

» Sans doute il va venir.... dans ses transports jaloux ,

» S'il me prend sur le fait , il me tuera peut-être ! ! !

— « Je vais voir si l'on peut sauter par la fenêtre ,

» Impossible !.. une idée inspire mon cerveau.

» C'est par un écrou seul qu'est tenu le marteau ;

» Je saisis cet écrou sans bruit je le dévisse.

» Je rassure en riant ma tremblante complice ,

» Je lui dis d'avoir soin d'être prête à partir ,

» Car je sens sous mes doigts le dernier tour venir....

» Patatras !.. mon lourdaud à trente pas s'étale

» Son marteau dans la main , ma belle alors détale.

» J'ai suivi son exemple.... il me semble encor voir

» Ma bête s'en aller , sur ses fesses s'asseoir ,
» Emportant son marteau.... le gaillard tenait ferme ! »
On éclate à ces mots , les ris n'ont plus de terme ,
La moitié des rapins faillit presqu'en mourir ,
Mais l'heure étant venue il fallut bien partir.

FIN DU SIXIÈME CHANT.

CHANT SEPTIÈME.

On pense en général que l'homme au cœur joyeux
Des pleurs du désespoir ne mouille point ses yeux;
On croit que l'esprit gai façonné pour le rire
Des sentimens profonds ne connaît point l'empire.
Quelle erreur ! ! ! tel n'est pas le caractère humain,
Cœur sensible à la joie est sensible au chagrin.
J'ai vu plus d'un farceur qu'on croyait inflexible
Aux grandes passions se montrer accessible.

Je prouverai ce fait à la fin de ce chant ;
Je n'ai pas le désir de faire du touchant,
Car je n'invente pas.... l'aventure est notoire
Et les journaux du tems ont raconté l'histoire.
Le contraste me plaît, c'est le genre aujourd'hui,
Et cette fois la mode en cela m'a séduit.

Un jour un colporteur d'une maison s'élance,
Pousse un cri, puis soudain tombe sans connaissance.
Tout le monde aussitôt cherche à le secourir,
On prétend vainement le faire revenir.
Il prononce des mots sans raison et sans suite,
Son œil épouvanté roule dans son orbite,
Cependant à travers des sons incohérens
On distingue ces mots : « Dieux ! quels lambeaux sanglans !
Sa frayeur est d'un crime assurément l'indice,
En est-il la victime, en est-il le complice ?
Pour lever dans ce cas toute difficulté,
On porte le mourant devant l'autorité.
On lui fait avaler un verre d'eau-de-vie,
Cette liqueur tonique a ranimé sa vie.
Il promène d'abord un regard effaré ;
Mais voyant les objets dont il est entouré,
Ses sens visiblement deviennent plus paisibles.
—« Ciel! dit-il, quel forfait! et quels monstres horribles!..

» D'épouvante et d'horreur je suis encor ému ;

» Mais dois-je raconter ce que mes yeux ont vu ?

— » N'ayez pas peur, parlez, lui dit le commissaire. »

— « Je marchais d'un pas lent comme à mon ordinaire

» Mes crochets sur le dos.... je m'entends appeler

» Du haut d'une fenêtre on me dit de monter.

» A cet appel connu je cours d'un pas rapide,

» Je franchis l'escalier le cœur d'ouvrage avide ;

» A peine suis-je entré, quatre hommes vigoureux

» Me saisissent les bras, le collet, les cheveux ;

» Leur visage est noirci, leurs mains encor sanglantes

» Font briller à mes yeux des lames menaçantes

— « Tu péris ! s'écrient-ils, si tu dis nos secrets !

» Tu mettras dans ton sac placé sur tes crochets

» Le corps que tu vas voir ; ensuite à la rivière,

» Tu devras le couler au moyen d'une pierre !... —

» On me traîne à ces mots... grand Dieu ! qu'ai-je aperçu,

» Sur une table basse un cadavre étendu,

» Inondait d'un sang noir le pavé de la salle.

» De trente scélérats une troupe infernale

» Autour de ce corps mort osaient danser en ronds.

» Je crus dans les enfers voir sauter les démons.

» A ce spectacle affreux la frayeur me transporte,

« Je les culbute tous, et saisissant la porte,

» Je franchis l'escalier et tombe évanoui !...

— « Ah ! dit l'autorité , c'est un crime inoui !

» Que l'on aille chercher et prévôt et gendarmes

» Au poste le plus près, faites prendre les armes. »

Par son ordre assemblé viennent de toutes parts,

Et procureur royal et soldats et mouchards,

Le colporteur les guide, en tremblant il s'avance.

La troupe sur ses pas se dirige en silence.

On cerne la maison... le magistrat prudent

Avec soin fait monter les gendarmes devant ;

On entre sans efforts ; on inonde la place ;

Mais quelle est la stupeur qui tout-à-coup les glace ?

Le pauvre colporteur , encor pâle d'effroi ,

Demeure ao 'anti du spectacle qu'il voit ,

Et, rouge de dépit, monsieur le commissaire

Le lorgne de côté se doutant de l'affaire.

Autour d'un homme nu des jeunes gens groupés ,

Tranquillement à peindre ont l'air très occupés.

Ma foi , l'homme est vivant ! même on le voit sourire ,

Il garde avec effort les éclats d'un gros rire.

Parmi tous le silence est d'abord général ;

Mais le mort sans respect part d'un rire brutal.

Les autres l'imitant augmentent la colère

Du grave procureur et du gros commissaire.

— « Ah ! dit le magistrat , je devine l'erreur :

» Ce rustre pour du sang a pris de la couleur ;

» Messieurs, c'est bien mauvais ! votre plaisanterie
» A manqué de conduire un homme en l'autre vie ,
» Passe pour cette fois ; mais vous et l'atelier
» Si vous recommencez partirez du quartier. »
Cela dit, il s'en va suivi du commissaire
Et des mouchards , vexés de n'avoir rien à faire ;
Quant au bon crocheteur il partit satisfait :
Une pièce d'argent produisit cet effet.

Cette farce eût été très-peu spirituelle
Si la conclusion avait été mortelle ;
Mais cette fois notre homme en fut pour sa frayeur.
D'un aussi joli tour quel fut donc l'inventeur ?
Ce n'était pas Thilman. Depuis plusieurs semaines
On ne l'a vu, de lui chacun même est en peines.
Le coupable est Robert : oui, Robert, nom fatal !
Qui toujours après lui traîne de l'infernal.
A lui, c'était son genre.... Un jour de guillotine
On était sûr d'y voir son effroyable mine.
Un matin que Samson allait exécuter,
Derrière une fillette il s'en vient se planter.
Pâle d'émotion, la petite examine
Le couteau qui tranchant tombe de la machine ,
Robert dans ce moment, du coupant de sa main ,
Sur la nuque enfantine applique un coup soudain.

Par son illusion la fille est éblouie ,
Elle se croit sans tête et tombe évanouie.
Heureusement Robert parvint à s'échapper ,
Car le peuple en fureur le voulait écharper.
Mais chacun à Thilman donne la préférence,
Aussi s'aperçoit-on de sa trop longue absence.
Depuis qu'il ne vient plus on les voit s'ennuyer ,
Tout paraît monotone et triste à l'atelier ;
Renauld , de cette absence a dû savoir la cause :
Il vient d'arriver , pâle et l'air triste et morose.
Cet air nouveau pour eux tout-à-coup les surprend.
— « Oh ! oh ! l'ami, qu'as-tu ? dit aussitôt Bertrand. »
— « Cette sombre pâleur qui couvre mon visage , »
Dit Renauld , « d'un malheur est le triste présage ;
» Messieurs, Thilman n'est plus !! oui Thilman, ce farceur,
» Est mort assassiné par son trop faible cœur. »
A ces mots foudroyans la troupe anéantie ,
D'un frisson inconnu soudain se voit saisie.
« Quoi Thilman , se peut-il ? comment assassiné ?
» Par qui ? pour quel motif ? s'est-il suicidé ?.. »
— « Hélas ! poursuit Renauld , lui toujours prêt à rire ,
» En secret de l'amour gémissait sous l'empire.
» L'objet de cet amour , éclatante beauté ,
» Par la dévotion était trop exalté.
» Son âge est de vingt ans et son nom Héloïse

» Elle adorait Thilman , mais la voix de l'église

» S'oppose à leur hymen.... un prêtre impérieux

» Parvient à l'engager à prononcer ses vœux.

» Avant de voir fermer l'éternelle barrière ,

» Elle fit à Thilman sa visite dernière.

— « Eh quoi ! lui disait-il , ni mon cœur, ni ma main

» Ne peuvent donc changer un si triste dessein ?

» Vous m'aimez , dites-vous , et votre faible flamme

» Préfère le couvent au titre de ma femme !.. »

— « Ah ! lui dit-elle , ingrat, que tu me connais mal ?

» Oui , dans ce cœur aimant tu règnes sans égal.

» Mais sais-tu , mon Thilman , sais-tu comment je t'aime ?

» Je t'aime comme un ange et comme Dieu lui-même.

» Dans mon amour divin je te mêle avec Dieu ,

» Epouse du seigneur , c'est pour toi qu'est mon vœu.

» Non , d'un terrestre corps je ne suis pas la femme ,

» Je rejette ta chair.... et j'accepte ton ame ;

» Elle seule est à moi.... mais notre amour divin

» Saura du paradis nous ouvrir le chemin ;

» Ecris-moi ton amour, je vivrai de le lire ,

» Le sort de ma patronne est le seul où j'aspire ,

» Je suis ton Héloïse et toi mon Abeilard !

» Adieu, Thilman, là haut nous nous joindrons plus tard. »

Elle dit et s'éloigne.... immobile à sa place ,

Thilman anéanti reste froid comme glace.

Mais les flots de son sang se portant au cerveau,
Exaltent ses esprits d'un délire nouveau.
« Abeilard !... s'écrie-t-il, femme capricieuse !
» Il faut un Abeilard à ta flamme amoureuse !
» Eh bien, puisqu'on doit être un homme mutilé
» Pour satisfaire au vœu de ton cœur exalté,
» Je saurai contenter ton étrange caprice
» Et j'accomplirai seul un si grand sacrifice. »
» Il dit, et de sa main.... ô comble de l'horreur !
» A ce tableau sanglant je sens faillir mon cœur.
» Oui, sa main, de Fulbert renouvelant la rage,
» D'Abeilard sur son corps ose accomplir l'outrage.
» Le volontaire eunuque, épuisé de douleur,
» Tombe sur le carreau sans force et sans chaleur.
» Que vous dirai-je, enfin ?.... Ce malheur se décèle
» Par le sang qui, d'en haut, sur l'escalier ruisselle.
» Sa pauvre mère accourt, conduite par ce sang ;
» Elle entre... mais, grand Dieu ! quel spectacle effrayant
» Pour le cœur d'une mère... immobile, éperdue,
» Son œil de son malheur embrasse l'étendue.
» Près du corps mutilé saisissant le rasoir,
» Cet instrument passif d'un violent désespoir,
» Sa folle main s'en sert pour s'arracher la vie...
« Le lendemain Thilman mourut d'hémorragie !!! »
Renaud dit et s'assied, accablé de douleur.

Ses amis comme lui déplorent ce malheur ;....
Le jour suivant les vit en cercle au cimetière
Arroser de leurs pleurs la tombe de leur frère.

Enfin, deux mois après, au couvent Saint-Victor
On entendit sonner la cloche de la mort.
Un cercueil fut placé dans la nef de l'église ,
On pleurait à l'entour.... c'était sœur Héloïse....

La joie eut de la peine à naître à l'atelier ;
Puis la mort du patron nous vint congédier.

Des peintres de mon temps la troupe alors rieuse
Par l'âge est devenue un peu plus sérieuse.
Quelques-uns plus heureux , sous leur chef argenté
Ont encor conservé leur première gaîté ;
Mais les autres , vieillis par les soins du ménage ,
A de jeunes rapins ont légué l'héritage
Des farces , des plaisirs et des propos joyeux.
De nouveaux ateliers se sont formés par eux.
Aussi bien que chez nous le plaisant y domine.
Toujours beaucoup de joie et peu d'humeur chagrine.

Aimer à s'amuser , c'est le type français :
Le rapin passera , mais la charge jamais !

FIN DE LA RAPINÉIDE.

9 782019 677152